AF273726

# DE LA VIVIENDA AL HOGAR.

# CUATRO RELATOS CON SU EPÍLOGO PARA UN EDIFICAR Y UN HABITAR HUMANISTA

## Javier Barraca Mairal

BARRACA MAIRAL, Javier: *De la vivienda al hogar.*
*Cuatro relatos con su epílogo para un edificar y un habitar*
*humanista*, Editorial Ygriega, Madrid, 2025, 124 pp.
105X150 mm. Diseño de cubierta, Grafismo Y

© Editorial Ygriega © de los textos, su autor

Papel: ISBN 979-13-87734-02-2  EAN: 9791387734022
Digital: ISBN  979-13-87734-03-9  EAN: 9791387734039
Depósito legal: M-5187-2025

Queda prohibida la reproducción total o parcial de
este libro por cualquier medio o procedimiento,
comprendidos la reprografía, el tratamiento informá-
tico y la distribución de ejemplares mediante alquiler
o préstamo público sin permiso previo y por escrito.
Todos los derechos reservados.

**INFORMACIÓN** editorialygriega@gmail.com

VENTA EN **PAPEL**: Librerías en España. Además:
**grupoediciones19.bajodemanda.com**

**Península Ibérica, Canarias y Baleares**
https://www.agapea.com/
**Argentina** *CUSPIDE http://www.cuspide.com/
*MANDRAKE mandrakelibros.com.ar *OZONUM
Mercado Libre https://listado.mercadolibre.com.ar/
**Brasil** *O ATENEUM www.oateneum.com.br
**Colombia** *LEMOINE EDITORES
www.librosyeditores.com *BIBLIOSTORE Mercado
Libre https://listado.mercadolibre.com.co/
*LIBRERIA DE LA U www.libreriadelau.com
**Chile** *BIBLIOSTORE CHILE - Mercado Libre

https://www.mercadolibre.cl/ *Voy a Leer
www.voyaleer.cl / *WePrint

**Ecuador** *POWER STORE BOOKS
www.powerstorebooks.com *THE BOOKS LINK
www.thebookslink.com

**Estados Unidos**: *Ingram-US

**Guatemala** *SOPHOS

**Méjico** *BIBLIOSTORE México - Mercado Libre
https://www.mercadolibre.com.mx/ *Librerías
GANDHI www.gandhi.com.mx/ *Librerías
GONWIL www.gonvill.com.mx

**Perú** *ALEPH IBD (Mercado Libre)
https://listado.mercadolibre.com.pe/ *Librería SBS
https://www.sbs.com.pe

**Uruguay** *MERCADOLIBROS (Mercado Libre)
https://mercadolibros.uy/ *PALACIO DEL LIBRO
S.A. www.libreriapocho.com.uy

**DIGITAL**: https://www.casadellibro.com/

¿Desde dónde se pueden comprar los eBooks?

España, Portugal, Austria, Alemania, Argentina,
Bélgica, Chile, Chipre, Colombia, Eslovaquia,
Eslovenia, Estonia, Finlandia, Francia (Guayana
Francesa, Guadalupe, Martinica, Reunión, San Pedro,
Miquelón, Wallis y Futuna.), Grecia, Irlanda, Italia,
Luxemburgo, México, Mónaco, Países Bajos,
Polinesia Francesa, Reino Unido, Suiza.

ADEMÁS https://vivlio.casadellibro.com/

Argentina, Chile, Colombia, España, Francia, México
y Reino Unido

# DE LA VIVIENDA AL HOGAR

## CUATRO RELATOS CON SU EPÍLOGO PARA UN EDIFICAR Y UN HABITAR HUMANISTA

A Javier Borrego y a Manuel de la Barreda -que convierten todo lo que tocan en el oro fino de la esperanza y de la amistad- y a todas las personas que, como ellos, ayudan a otras a encontrar una morada.

# ÍNDICE

*<<¿Qué es lo más imprescindible?: un hogar>>*
(Madre Teresa).

<<¿(...) conducir el habitar a la plenitud de su esencia? Llevarán a cabo esto cuando construyan desde el habitar y piensen para el habitar>>

(M. Heidegger).

*<<Morada indica arraigo, establecimiento duradero en un lugar, que se convierte así en centro de perspectiva, eje entorno al cual gira el mundo ambiente>>*

*(A. López Quintás).*

<<(...) no todas las construcciones son moradas>>
(M. Heidegger).

<<*La palabra "habitar" se refiere a la idea de establecerse y sentirse realmente en casa en un lugar, pero de una manera que involucra la creación activa de un entorno o "ámbito" de convivencia*>>
(A. López Quintás).

# PRÓLOGO

## 200 sueños cuadrados

Estimado lector:

Quiero recomendarle la lectura pausada de esta obra que Javier Barraca nos regala. Una excelente colección de relatos breves sobre el habitar, el hogar y el construir.

Además -como *bróker* de RE/MAX Building- quiero agradecer que nos haya elegido para publicar estas líneas brillantes. Javier Barraca es profesor, divulgador, escritor, abogado, académico, experto en ética y estética y en muchas otras cosas.

Como se podrá comprobar en

unos instantes sus libros están carga-
dos de conocimiento e imágenes que
evocan un mundo lleno de belleza,
bondad y verdad.

El hogar está relacionado con
la energía, la seguridad y la familia. El
primer hogar no tenía paredes ni techo, era una simple hoguera alrededor
de la cual se calentaba un grupo familiar humano. Poco a poco se inventó
la cubierta (ciertamente la casa se inició por el tejado), y de la cubierta sur-
gen los muros que delimitan el espacio y le dan seguridad. Con esa seguridad y ese calor, la familia se desarrolla en el interior. Al igual que se
construye la casa se construye la vida,
y fuera está el mundo con sus peligros
e inseguridades; dentro el calor y la seguridad; el exterior es el lugar del frío
y la incertidumbre. Fuera, sin el hogar,

no hay forma de construirse, de desarrollarse.

Poco a poco los límites de ese hogar fueron ampliándose, el hogar busca comodidad, frente a la incomodidad del mundo exterior, aparecen las distintas estancias que se llenan de cosas para realizar funciones humanas y va creándose el hogar tal y como lo conocemos: un espacio de espacios y de cosas donde la comunicación es el centro de cada estancia y de todas como un todo.

Paralelamente aparece el cuidado de los animales y las plantas. La construcción se extiende con la misma lógica de crear espacios donde la vida florece en paz y armonía. Los espacios de los animales domésticos y de las plantas formaban parte del conjunto del habitar humano y más allá de los límites de la propiedad, la propiedad de los otros, las familias que se desarrollan junto a nosotros.

Heidegger decía que *el hombre es en la medida en que habita*. Habitar no es solo ocupar un espacio, es desarrollarse en un espacio de seguridad, paz y calor, por eso el amor forma parte de ese campo semántico de la paz y del calor. Por eso el habitar humano es el lugar del desarrollo y por eso construir, proporcionar vivienda, donde se vive, donde se habita es una de las tareas más nobles para el ser humano.

Hasta el siglo XX la vivienda, la tierra, el hogar eran una y la misma cosa: un espacio donde los miembros de una familia crecían y se desarrollaban, la casa familiar permanecía y eran las gentes las que pasando por la vida la habitaban. Ahora la vivienda ya no es el espacio intrahistórico donde se desarrolla la vida, con sus estancias y sus cosas permanentes, como lo era quizá la casa de nuestros abuelos, ya no es el espacio que existía antes que tú e iba a perdurar después de ti, como todo vuelve, ahora cambiamos de vivienda varias veces en la vida, llevando *el hogar* a otros muros, modificando el espacio físico, pero trasladando el ámbito familiar, justo como el hogar primitivo, esa hoguera donde nació la humanidad a su alrededor.

Muchas gracias por su atención.

Javier Borrego Gutiérrez
(*Bróker* inmobiliario, RE/MAX BUILDING)

# LA CASA DE TUS SUEÑOS

«*Y el Señor Dios infundió en Adán un profundo sueño (...)*»

(Gn, 2, 21).

Nuestro lustroso edificio se convierte en el de tus sueños en cuanto atraviesas su puerta giratoria. Y, en este mismo instante, tú también, al leer estas líneas, te encuentras ya ante su hall de entrada. ¿No te has dado cuenta de que acabas de adentrarte en su atmósfera al recorrer con los ojos estas palabras? Pues, lo creas o no..., así es.

En cuanto has puesto los pies de la imaginación en nuestro suelo, una cálida luz te ha acogido. Es la luz más diáfana y transparente que has visto jamás, el reflejo de tus propios sueños; y te da la bienvenida. Todo el entorno desprende esa misma luz cálida, hogareña, que te envuelve en su evanescente aura. Entonces lo comprendes: esta es, literal y literariamente, la casa de tus sueños…

Nada más traspasar la entrada, te alcanza precisamente el olor que siempre habías buscado, el que anhelabas reconocer a tu vera. Es un aroma que lo invade todo y que se mezcla en el aire con aquella grata melodía de tu infancia que ya casi tenías olvidada. Esta vivienda ha vuelto a traerte ambas cosas. Se ha obrado el prodigio. Acabas de atravesar el espejo de tus deseos hecho hogar.

Después, todo lo que hallas entre nuestros muros constituye una sucesión ininterrumpida de familiares encuentros. Desde los amplios espacios, hasta los más pequeños detalles, todo, absolutamente todo, exhala un

amigable brillo. Así, tu dormitorio
supera cuanto habías imaginado en tus
más ambiciosas expectativas: de una
elegancia sin par y, al tiempo, con la
comodidad de un verdadero lugar de
reposo e intimidad. Sientes por
doquier, en fin, en cada rincón, en
cada esquina, un sello inimitable y
personal, un toque característico y
propio. Y es que ese toque personal
eres justamente "tú".

Nuestra casa eres efectiva-
mente tú. Tú, en persona, habitando
este extraordinario sueño, con la viveza e intensidad de todos tus senti-
dos. Hasta hemos logrado que la
infinita paleta de las sensaciones que te
llegan desde nuestros muebles, espe-
jos, paredes, ventanas, conformen un
pequeño océano de delicias, en el que
te sumerges con asombro y compla-

cencia. ¿Acaso no has notado aún, desde que penetraste en este relato, un leve cosquilleo de sorpresa o desconcierto sobre los labios?

Pero, ¿y el marco de tu casa ideal…?

El mar o la montaña, el verde o el azul, la llanura o el risco, la luz del alba o la del atardecer. ¿Qué paisaje y hora del día son tus favoritos? Aquí, te dejamos elegir a ti: escoge, por favor, el medio o entorno que más te atraiga sin azoramiento alguno. Deléitate, goza; estamos diseñando, para ti y contigo, la casa de tus sueños. Necesitamos escucharte, escuchar tus sueños, saborear contigo tus deseos. De modo que el contorno que rodea esta casa, esta de ahora en donde nos adentramos juntos, se adapta instantáneamente a tus gustos con cada minuto, o aún más con cada segundo, y letra a letra de este relato.

Este es, en definitiva, el espacio de tus sueños. Ni más ni menos. Pero… cómo podemos conseguirlo, te preguntas ahora. Cómo hemos logrado introducirte, durante este lapso de tiempo, entre las paredes de tu propia ilusión convertida en habitar..

Muy sencillo. Conociéndote, escuchándote y, ante todo, comprendiéndote. Y lo hacemos, también, por medio de las líneas de la extraña lectura que recorres en este momento. Acaricias nuestras frases con tu mirada, y de esta manera nos acaricias tiernamente a nosotros, al continuar tu paseo entre estos signos. Por favor, huésped que nos visitas desde el otro lado de la escritura, sigue un poco más con nosotros, no abandones todavía el espejismo de esta casa imaginada que estamos construyendo para ti sílaba a sílaba.

-¡No, no! ¡No pienso marcharme de aquí! Estoy tan a gusto bajo este techo, el que me habéis ayudado a imaginar, que quisiera pasar el resto de mi vida a su resguardo. Solo quiero daros las gracias. Felicito a todo el equipo, literario e inmobiliario, de "La casa de tus sueños", por su extra-ordinario trabajo. Aunque echo en falta un único elemento, solo uno…
-¿Cuál?- te preguntamos de inme-diato, con la absoluta resolución de completar nuestro regalo en forma de casa.

-A las personas…, las personas que quiero- te apresuras a respondernos, en un tono callado que brota desde un deseo muy hondo, casi abisal, de tu corazón-. Sin ellas, hasta este espacio rebosante de lujo y comodidad me parece frío, inhóspito, desangelado.

Y, pues que tú lo anhelas de este modo: pensado o soñado y… ¡hecho! Aquí las tienes ya: son las personas a quienes más quieres y que más te quieren. Están, ahora, junto a ti, en el interior de este recinto imaginario.

La reacción no se hace esperar. En el colmo de la dicha, se escapa de tu boca una exclamación final que resume todo nuestro esfuerzo y toda tu gratitud ante él: "¡La vida puede ser perfecta!", expresas con admiración.

Después, nos explicas la clave de tu emoción: "Al agregar a nuestro espacio ideal la presencia y el afecto de estas personas, habéis transformado esta casa de ensueño en algo aún más hermoso: en un entorno cálido y acogedor, en todo un hogar".

(Pasa luego un instante, que se alarga en el vacío, y retornas a hablar).

-Sin embargo, debo decir que, a pesar de vuestros loables esfuerzos, esta que describís aquí no es exactamente la casa de mis sueños -replicas, ahora-. Aunque se parezca a ella, como os he reconocido antes, de un modo asombroso. Me refiero a que no es su reproducción perfecta e inacabada, su encarnación misma. En la casa de mis sueños, en realidad, sólo ha estado y puede estar mi fantasía, y no la de ningún otro. Hasta es posible que ni siquiera la hayan habitado nunca ni mi mente ni mi propio corazón. Pues nadie la conoce del todo, ya que es apenas una idea sin terminar, un deseo siempre incompleto, una especie de "presentimiento". Nadie puede idearla ni edificarla de una manera total, ni tan siquiera mi propia imaginación; y, eso, aunque se aproxime a ella en un grado enorme. No obstante, os envío un saludo muy agradecido y os conmino a que sigáis intentándolo... Vuestra labor, según veis, nunca se termina, pues siempre resulta mejorable. Por esa razón, jamás se acabarán vuestros clientes: en esta tierra, nadie habita en un hogar perfecto, absolutamente ideal. Y, también, por lo mismo, os animo a proseguir sin fatiga vuestro proyecto, a no cejar en ello, a progresar en la tarea día a día, con constancia, sin rendiros, comprendiendo más y mejor a las personas que se os acercan en vuestro trabajo. Incluso, y con esto termino, os regalo esta sugerencia final: "Incorporad a vuestro oficio una dimensión poética, creativa, imaginaria incluso; como hace, en su modesta medida, este humilde relato dentro del cual nos hemos encontrado".

Con este párrafo, y una condescendiente sonrisa, te acabas de despedir de nosotros, mezclando tus palabras a las nuestras en esta historia. Así, te has introducido bajo el dintel de la puerta y, al empujarla con tu sugerencia final, la has convertido en una salida a través de la cual has dejado atrás esta casa ideal, hecha de meras palabras.

Adiós, lector habitante: ya Ortega enseñó que todo humano representa un ser que habita... Somos pobladores activos, no pasivos, de nuestro entorno; sujetos que transfiguran el medio donde viven, adaptándolo a sus deseos. Ojalá encuentres algún día la estancia irrepetible que anhelas, el hogar absolutamente idóneo de tus sueños. Sentimos no haber podido trazar un boceto o borrador por completo acabado y perfecto del mismo. Pero, tal como nos has dicho, continuaremos intentándolo, acercándonos más y más a tu sueño. Nuestra misión radica en avanzar hacia ello, pues ese es el sentido de nuestra vocación. En cualquier caso, ahora, ya, con la conclusión de tu lectura, se terminan también al mismo tiempo esta historia y esta casa, la casa de tus sueños.

# CONSTRUCTOR DE ESPERANZA

<<Pero soy *constructor de ciudades. He decidido asentar aquí los cimientos de mi ciudadela. He contenido la caravana en marcha. Era semilla en el lecho del viento*>>

(A. de Saint-Exupéry, *Ciudadela*, Alba ed., Barcelona, 2024, p. 28)

# I

Hasta que advertimos la presencia del visitante y la del soberbio torreón, nuestra ciudad agonizaba a causa de un mal insoportable. ¿Qué cáncer carcomía sus entrañas y las nuestras, las de sus habitantes? El del tedio, pura y sencillamente. Y no lo hay más letal. Instalados en nuestra inercia cotidiana, nada lograba arrancarnos de las tenazas del aburrimiento.

En cambio, desde el día en que alguien avisó de la erección del rutilante edificio, la vida resulta mucho más animada. Un aire de febriles rumores, cuchicheos y guiños cómplices recorre las otrora monótonas calles. El espeso racimo de nuestras nerviosas habladurías lo invade todo. Estas murmuraciones se obstinan en proclamar una inquietud: entre las colinas sitas a las afueras de nuestra ciudad, se ha alzado la esbelta torre y en su interior se hospeda el extranjero, un personaje que tiene por nombre "Constructor".

Nadie ha visto aún el interior de la fortaleza del desconocido. Pero se sospecha que sus paredes brillan espléndidas como el sol y que, desde ellas, a través de los vanos y ventanas, se irradia una luminosidad esmeralda. Aunque, acaso, el origen de esta creencia se halle simplemente en el faro de este mismo color, que se ha encendido en lo alto de ese lugar, entre las almenas, y cuyos haces escapan en todas direcciones.

No hay quien haya ha escuchado la voz del extraño. Esto, a pesar de que no faltan los que presumen de haberla presentido. Pero todos la tienen por poderosa y vibrante, y muchos sostienen que cabe advertirla, entremezclada con el atronar de la sonora cascada de luz que brota de la edificación. Esta cae sin tregua, desde la cima de la fortaleza, cual una cabellera brillante e inmensa.

## II

En nuestra intrigada comunidad, junto a las habladurías mencionadas, algunas cuestiones, respecto del misterioso Constructor, corroen las mentes y corazones de todos. Nos preguntamos quién es, al cabo, el personaje que ha edificado el espléndido pináculo que se yergue señorial sobre nuestras cabezas. ¿Cuáles son su ignota identidad y el sentido de su oficio? ¿Qué reservada misión le ha traído a habitar en medio de nuestra curiosidad?

Sin embargo, aunque las especulaciones se multiplican, nadie sabe nada a ciencia cierta. Nadie tiene siquiera la más mínima pista acerca de cómo resolver los interrogantes que nos acucian. Por eso, con el propósito de despejar cuanto antes las incómodas incógnitas, las autoridades de la ciudad han ofrecido una cuantiosa recompensa a cualquiera que colabore a desvelar lo que todos ansiamos conocer.

## III

Un joven, osado y decidido, ha querido romper el sello del secreto que nos atenaza y se ha prestado a encaminarse solo hacia la torre, en busca de información. Le anima, claro, el lucrativo premio. Dado nuestro afán por desentrañar el enigma que rodea al extraño visitante, todos nos hemos alegrado de su audacia.

Veremos si su atrevimiento no desemboca en algo peor que nuestra impaciencia por deshacer el misterio.

## IV

Ante la vista de quienes lo han querido presenciar, ha ascendido por las paredes exteriores y ha arribado hasta la terraza circular que rodea el punto más elevado de la torre.

En cuanto se ha posado, grácil y silencioso, sobre este lugar, las nubes compactas han ocultado el sol, y ha anochecido de improviso. Esto, como si una cortina inmensa y espesa se corriera de golpe. La catarata de luz que se derramaba desde lo alto ha interrumpido su flujo, y de las ventanas y huecos de la torre ya no ha escapado ningún resplandor. Todo ha quedado ensombrecido y mudo.

¿Qué le sucederá? —nos preguntamos-. ¿Cuál será el precio que pague el intruso por su temeridad, al haberse atrevido a violar la intimidad de Constructor, el poblador de la torre?

# V

-¡No logro verte! No puedo distinguir nada en esta noche repentina que me rodea. Pero siento tu presencia junto a mí en lo alto de esta torre. ¿Quién eres?

-Ahora mismo, como puedes apreciar, sólo soy una voz en lo invisible.

-¿Pero por qué me has cegado?

-¿Quién te dice que yo te he cegado? Di mejor que ha sido tu propio atrevimiento.

-Tienes razón, probablemente. La verdad es que no sé por qué me encuentro así. Pero, desde luego, me arrepiento de haber subido hasta este tenebroso lugar. Siento miedo...

-Ya estás aquí. Eso no admite

retroceso. Tu miedo no puede cambiar lo que pase.

-Lo sé. Pero ni siquiera esta oscuridad sirve para ocultar mi temor.

-Tú, sencillamente, cumple tu embajada y dime lo que te ha traído hasta mí.

-Aunque no lo sé bien, creo que ha sido la curiosidad. La mía y la de todos los de abajo. Nada más. No traigo más embajada que nuestra curiosidad.

-La curiosidad puede ser mala o buena consejera de las acciones según lo que la inspire. De hecho, la curiosidad hacia esta torre y hacia mí, por ejemplo, está liberando a vuestra ciudad de la monotonía.

-Eso, seguro. No hay nadie, entre nosotros, que no desee conocerte…

-Para eso, deben esperar a que llegue el momento adecuado. Aunque, más bien, yo diría que lo que pretenden es informarse, enterarse de cosas respecto de mí. Conocer a alguien, en cambio, y comprenderle, reclaman paciencia; un tiempo de trato y de espera que no puede forzarse, como tampoco la amistad.

-¿Pero cuándo te mostrarás?

-Tu prisa te delata de nuevo. Eso no te corresponde a ti ni a ninguno de tus conciudadanos saberlo. Lo siento; no puedo decirte nada más. Y, ahora, ya, tienes que marcharte.

Entonces, la luz esmeralda volvió a inundarlo todo, cual un aluvión de centellas que descorrió aquel inmenso telón nocturno. Con ella, el joven sintió un irrefrenable impulso, que lo animó a descender y le devolvió a su exacto punto de partida. De modo que, al rato, simplemente se vio otra vez de vuelta entre nosotros, portando las mismas incógnitas que lo habían empujado en su frustrado intento.

## VI

Ante el fracaso del impetuoso joven, una mujer de mediana edad y una serena belleza, dio un paso al frente. Se distinguió solemne entre los demás habitantes, y se ofreció a nuestra comunidad.

-Yo os brindo voluntariamente mi sacrificio, para satisfacer con él vuestra incurable curiosidad -expuso-. Cortadme el cabello por completo, a fin de que la presencia que habita la torre no me distinga al detectar los destellos y fulguraciones de mi pelo rubio. Y, luego, ascenderé escalando, poco a poco, hasta arribar a la cúspide. Allí, desenredaré el nudo del misterio que nos ahoga y os lo desvelaré.

La comunidad agradeció de corazón la sufrida propuesta. Aunque se le sugirió que acometiera su arriesgada empresa de noche, con objeto de no ser advertida y rechazada de antemano. También, le indicamos que se afeitara solo al ras, no del todo. Para que así conservara los comienzos o raíces de su cabellera, a manera de pequeños destellos dorados, ya que estos brillaban e iluminaban a una corta distancia, sirviendo de diminutas linternas o señales con las que discernir sus progresos desde la distancia. Además, a partir de ese resto, podría en el futuro restaurársele el cabello más fácilmente.

También, se acordó que, para su retorno, debía arrojarse al vacío, abandonando su capacidad natural de escalar, pues el descenso a pie era terriblemente peligroso y el joven que la precedió estuvo al borde del desastre por ese motivo. A este fin, ella emitiría un sonoro grito de aviso, a cuyo reclamo un grupo de los nuestros se apresuraría salvador a recogerla con una vasta sábana.

Ante lo arduo de la misión y la valentía de la heroína, nuestra comunidad exhaló unánime una breve oración. Esta plegaria se levantó, respetuosa y conmovedora, cual humeante señal, desde el interior de cada uno de nosotros.

**VII**

La valiente mujer vio cómo le raparon la cabeza y solo se reservaban de la navaja las raíces de su pelo. Luego, inició con cautela su escalada nocturna. Nuestras miradas la acompañaban.

Apenas comenzó su ascenso, de la cima de la torre se precipitó una lluvia de luz líquida, que encendió los muros al descender sobre estos. La lava, luminosa y ardiente, hizo que la escaladora no tuviera más alternativa que dejarse caer al vacío, desprovista de cualquier auxilio. Desgraciadamente, la conversión de la torre en un volcán nos sorprendió, por lo Inésperado, a todos.

Cuando parecía inevitable su muerte, una ola de luz turquesa la recogió cual mano inmensa y la depositó, con delicadeza, sana y salva, en la plaza central de la ciudad. Ello, a la vista de todos nosotros, sus atónitos y angustiados habitantes.

Una voz mayestática se oyó, con nitidez, en ese instante:

-Descansa, amazona. Quédate entre los tuyos, y no perturbes más la soledad que he escogido.

## VIII

Lo infructuoso de las tentativas precedentes nos condujo a un profundo estado de desasosiego. Invadidos por la desesperanza, veíamos crecer indomable nuestra curiosidad, pero sin que nada ni nadie alcanzaran a paliarla.

De pronto, se despertó en el conjunto una idea prometedora que nos embargó sin fisuras: lo que ni el joven ni la mujer madura habían logrado podríamos conseguirlo de forma mancomunada y armónica. Compondríamos una misma sinfonía victoriosa, un ejército de curiosidad indestructible y coordinado. Así, juntos y asociados, descorreríamos el velo que ocultaba al secreto edificador, al morador de la torre.

Sin más, acometimos lo imaginado. Cual una corriente o marea de compenetradas olas, al mediodía, cada miembro de nuestra ciudad apareció formado y alineado. Esto, en total silencio y según un círculo concéntrico de filas, enroscado en torno a sí a la manera de una inmensa espiral. La multitud, radiante, se congregó dispuesta de este hermoso modo alrededor del pie mismo de la torre.

No se requirió que nadie pronunciara palabra alguna para constituirla, esta silenciosa agrupación espontánea fue haciéndose más y más extensa. Ello, hasta envolver la construcción a lo largo de metros y metros a la redonda. Cuando no faltó persona alguna, todos los ojos se fijaron en lo alto del pináculo, animados por el hermoso desafío compartido. Luego, poco a poco, fuimos colocándonos unos en pie sobre los otros, erigiendo un inmenso castillo humano, elevándonos en una espiral de carne alrededor de la torre que subía a la manera de un enorme torbellino que se rizara en torno a su silueta.

Al fin, nuestra formación sitió, conservando la espiral, aquella retadora cúspide. Como un enjambre denso e indiferenciado de seres, estrechamos nuestro nudo sobre ella. Pero, entonces, la voz poderosa y atronadora de Constructor, que en las anteriores ocasiones se había manifestado, retumbó, segura e irrefutable, en el aire.

-¡Dispersaos! Dividid vuestra nube insensata. ¡Apartaos!

A esta invocación, nadie pudo oponer resistencia alguna.

Inevitablemente, vimos disuelta de un golpe nuestra armada, que creíamos invencible. Cual átomos de una masa fraccionada en incontables partículas, sentimos romperse nuestra unidad sin poder oponernos. Y nuestra ciudad apareció cubierta al cabo por nuestras figuras, como innúmeras mónadas o copos de nieve, desorganizados y caóticos, esparcidos en ella.

Otra vez, el desconocido había fracturado, desintegrado, nuestra inútil empresa.

## IX

La desolación campó entre nosotros y un hondo desaliento se adueñó de la ciudad por entero. Para colmo de males, supimos que, durante nuestro fracasado asalto a la torre, se había extraviado alguien: un niño.

Se trataba de un huérfano a quien custodiaban las autoridades a causa de carecer de padres conocidos. El pequeño parecía haberse ausentado del centro de cuidados en el que estaba recluido. Y, ahora, en medio de la confusión, nadie lo encontraba.

Algunos temieron que hubiera sufrido un grave accidente, durante la operación frustrada. Pero no era posible, pues su cuerpo no aparecía tampoco en los alrededores que sirvieron de escenario a esta actuación. Por lo que resultaba improbable que hubiera muerto o que se lesionara en el transcurso de nuestro ascenso colectivo hacia la cumbre.

Junto a la tristeza, se cernió sobre nosotros un amargor creciente. Dentro de nuestras conciencias, despertó una ácida sombra. Comenzamos a pensar que la pérdida del huérfano no era sino el justo castigo que el destino otorgaba a nuestro empeño por aplacar la curiosidad acerca del extraño fuese como fuese y costase lo que costase. Notábamos que era la nuestra una curiosidad ansiosa y obsesiva, que no estaba dispuesta a detenerse ante nada con tal de verse satisfecha. Seguramente, nos temimos, había sido nuestra propia culpa la causante de este nuevo desastre.

# X

-¿Te molesta que haya subido?

-No. En absoluto. Te esperaba.

-Es que vi un par de lucecitas abajo, junto a la puerta abierta de tu torre. Jugabán alegres en el aire, y las he seguido por la rampa de caracol hasta llegar aquí.

-¿Estabas solo?

-No, pasábamos el rato varios amigos. Pero nadie más sintió curiosidad por saber a dónde iban aquellas luces. Hasta se enfadaron conmigo por tener tanto interés en ellas, y me acusaron de perseguir simplemente a dos mariposas extrañas.

-Y ¿ahora?

-Ahora me he dado cuenta que las luces se te han metido en los ojos. ¿No te duelen?

-¡No! ¡Qué va! Eres gracioso. Gracias por preocuparte. Pero no. En realidad, habían salido justo de ellos para ir a buscarte. Como ahora estás aquí, han regresado a mis pupilas.

-¡Ah! La verdad es que te brillan muchísimo. ¿Seguro que no te hace daño la mirada con tanta luz dentro?

-No. De verdad. ¿Ves las paredes de la torre? Están siempre encendidas por la parte del interior, como mis ojos. Esta torre guarda ese tesoro: es una fuente de luz. Y, con la luz, como con la energía, se pueden hacer muchas cosas buenas por los demás. Al igual que con la esperanza…

-¿Esta torre es tuya?

-Sí. La he construido yo, y me he instalado en ella para cumplir una misión.

-Vaya. Abajo todos sienten mucha curiosidad. Quieren saber quién eres y por qué has venido.

-¿Y tú no sientes esa misma curiosidad?

-No, o por lo menos la mía no es

igual. No sufro tanto como ellos por no saber cosas sobre ti. Creo que ni siquiera consiguen dormir bien por culpa de eso. Hasta han ofrecido dinero a quien les traiga información sobre este sitio.

-Muy bien. Me gusta más tu curiosidad que la suya. Me parece más limpia y desnuda.

-Entonces, ¿vas a contarme quién eres y qué has venido a hacer aquí?

-Ya te lo he dicho: soy el que ha edificado esta torre, su dueño y el de la luz que la habita. Y estoy en ella para realizar mi misión.

-Entiendo. Pero ¿en qué consiste esa misión tuya? Y ¿por qué a mí me has dejado subir y estar contigo, mientras que a los demás no?

-Porque, como te he dicho, tu curiosidad hacia mí y mis propósitos era pura y hermosa. En cambio, la de los otros estaba mezclada con muchas otras cosas, como el miedo, la ambición, el interés, la desconfianza o el recelo.

-Bueno. Y ¿para qué me has hecho subir?

-Para hablar contigo y encargarte una tarea.

-¿Qué tarea? Como sea muy difícil, no sé si conseguiré realizarla. Yo no tengo padres ni familia que me puedan ayudar.

-Ya sé que no conoces a tus padres. Pero ¿no te has preguntado nunca dónde están?

-No mucho, la verdad. Pienso que ellos me querían, y que algo ha debido separarnos. No he tenido buena suerte. Aunque siempre pienso que un día volveremos a estar juntos los tres.

-¡Qué hermoso es tu sueño! Y, ¿sabes?, esa fe tuya constituye precisamente el núcleo o la semilla de la esperanza, el valor que enciende la luz dentro de cada uno de nosotros, los constructores de torres como esta.

-¿Y qué es la esperanza?- quiso saber el niño.

-La esperanza es lo que impulsa a construir. Todo constructor necesita esperar. Sin esperanza nadie edifica nada valioso- respondió el extranjero-. Al tiempo, todos debemos construir esperanza, hacerla crecer en las personas. La esperanza es una convicción hija de la Promesa, la Promesa de que todo tiene un sentido, incluso lo que resulta más difícil. Por eso, ahora, tú no te preocupes demasiado por la ausencia de tu familia ni a causa de la tarea que te encomiendo. Basta con que ba-jes y les cuentes a todos lo que te he dicho. Además, explícales que mi misión consiste en encontrar un heredero de mi oficio de constructor. Cuando lo encuentre, me marcharé sin perturbarles más.

-¿Y cómo lo encontrarás?

-Quiero pedirles, por medio de ti, que rodeen -como hace unos días- esta torre, y miren hacia aquí, hacia su cima, y esperen. Entonces, desde arriba, reconoceré la mirada exacta de mi sucesor entre todas las demás. Y pronunciaré mi elección. Ahora, pequeño, regresa a la ciudad y convócales a los pies de la torre, por favor. Adiós.

-Adiós.


## XI


La ciudad al completo se congregó junto a la magna torre y su

incógnito habitante, de acuerdo con el
mensaje trasladado por el niño. Al
principio, muchos se opusieron a
atribuir veracidad y solvencia a sus
palabras, quizás en parte por la
frustración acumulada a este respecto.
Sin embargo, el elocuente y sincero
relato que, una y otra vez, escapaba
pertinaz de su boca terminó por
empujarnos a todos a darle crédito.

En esta ocasión, como en la
precedente, la comunidad entera
rodeaba, ordenada en espiral, los
aledaños de la torre. Aunque la
curiosidad que nos reunía ante ella se
había visto, de alguna manera,
purificada. Los acontecimientos expe-
rimentados a este propósito, y la
hermosa vivencia del huérfano, habían
sacudido nuestro corazón profunda-
mente, hasta desprender de él algunas

de sus antiguas adherencias. Ahora, conocíamos ya en parte la clave de la identidad del visitante, ciertos rasgos de su misión e incluso determinados atributos de su figura. El misterio permanecía sin resolver, no obstante, por cuanto nada sabíamos acerca del objeto de la elección que debía acometer. Pero mucho más calmos y sosegados, una vez nos hallamos todos presentes, nuestras miradas se alzaron expectantes hacia lo alto de la torre.

El espectáculo resultó inefable. De cada hueco y rincón de la construcción partió un resplandor casi cegador. La cascada de su cumbre cobró una inaudita fuerza, y sus aguas de luz se derramaron incontenibles en todas direcciones. De pronto, el desconocido apareció en lo alto entre los pujantes rayos que esplendían sus iris. El verde esmeralda de sus ojos inundó nuestra faz y colmó de esperanza nuestros interiores. Cada cual anheló y soñó con ser el elegido, con verse escogido por aquel ser incomparable. Su imagen sobrevolaba nuestras siluetas, y nos contagiaba una honda dicha. Luego, desde lo más elevado de la residencia, una majestuosa voz exclamó:

-Queridos conciudadanos: ha llegado el momento de que vuestra curiosidad se vea satisfecha. Como edificador y dueño de esta torre, tengo la misión de traspasarla en herencia a uno de vosotros. Para esto he venido, y para esto me dirijo hoy a vuestra comunidad. Esta torre contiene una riqueza colosal, pues constituye una fuente de luz y de energía casi inextinguibles, que ha de ponerse al servicio del bien común y de cada persona de este mundo. Es sencillamente un manantial de esperanza, de esa esperanza vital cuyo alimento necesitamos los seres humanos. Fijaos: antes de que yo la levantara, vuestra ciudad se moría de aburrimiento. Todos los días eran el mismo, un día largo e insoportable. Nada os libraba de vuestra abulia. En cambio, en cuanto descubristeis mi construcción, la curiosidad, que puede ser un don maravilloso bien empleado, llenó de interés vuestras vidas. La esperanza que yo traigo siempre libera del tedio, y enciende la hoguera de la pasión en las almas. En fin. Ahora, toca atender a mi reemplazo. Disponed, por tanto, con humildad vuestro corazón para conocer y aceptar mi decisión.

Entonces, de entre todas las miradas levantadas hacia arriba, brilló el verde rutilante de una de ellas, hecha a imagen y semejanza de la del desconocido. Al detectarla, este apuntó con el faro de su torre hacia la misma. Y un rayo descendió poderoso en su busca. Ante el asombro común, el haz se detuvo justo en la menuda figura del huérfano. Era él; eran sus ojos, cual esmeraldas, los que esplendían aquella luz gemela a la del extraño. Este, complacido y sonriente, se dirigió dulcemente al niño y anunció:

-Por la pureza de tu curiosidad, reflejo de la de tu mirada, yo te designo heredero de esta torre de luz. ¡Es tuya! Lleva por nombre: la torre de los constructores de esperanza, pues su energía alimenta las esperanzas de todos. Desde este instante, la confío a tu cuidado y te la cedo como patrimonio. Sólo tú podrás adentrarte en su interior y descansar en ella. Hazlo con frecuencia, y madura así hasta robustecer tu corazón gracias a esa luz suya, la de la esperanza, que no se apaga jamás. Sirve con ella a tus hermanos. Fortalece siempre con su energía las mejores esperanzas de los demás. Verás pasar generaciones en torno a ti y a la torre. Cuando la memoria de la ciudad os haya olvidado, emprende, como hice yo, tu propio viaje y construye otras mil torres como esta. Entrégaselas a quienes juzgues nuestros dignos sucesores. Pero no olvides tu don más preciado, el que me ha decidido a elegirte a ti como un futuro constructor de esperanza: la limpieza de tu intención. No busques, al tratar a los otros, desvelar sus intimidades con el propósito de manipularles o dominarles, de aprovecharte de tu conocimiento sobre ellos. Simplemente, ve a su encuentro para comprenderles; nada más. Luego, cuando tu oficio haya concluido, después de largo tiempo, podrás tú mismo partir al reino de la luz esmeralda, donde habitan eternamente los constructores de esperanza. Allí, los dos nos encontraremos de nuevo y te reunirás al fin con tus seres queridos.

## XII

Después de lo relatado, el extranjero se alejó hermético, cual un águila en el horizonte sin volver la vista atrás. Y la ciudad quedó cubierta de asombro, como bajo un manto nevado de admiración y perplejidad.

Su legado se había sembrado con fruto: había formado, entre nosotros, a un nuevo constructor, a un constructor de torres de esperanza.

# Hª DE UN LEMA
# COMPARTIDO

<<*El pájaro quisiera ser nube; la nube,
pájaro*>>.
(R. Tagore).

Estoy a punto de despedirme de este mundo y voy a hacerlo de un modo original. Gracias a una idea humanitaria hecha realidad, sobre mi cabeza se levanta un cielo de globos ascendentes. En cada uno de ellos, una persona sintecho de esta ciudad ha colgado un papelito con la descripción del hogar de sus sueños. Pero, para explicarlo mejor, antes, debo revelar un secreto: el secreto de mi familia y de mi empresa, la empresa inspirada en la historia de nuestra creativa estirpe.

Nuestra familia no ha dispuesto, en el haber de su árbol genealógico, de ningún antepasado heroico en cuanto batallador, de algún guerrero grandioso que haya derrotado, según su consiguiente leyenda, a dañinos enemigos. Tampoco ha contado, en la nómina de sus ancestros, con algún célebre personaje que haya descubierto un mundo desconocido o una opulenta mina colmada de preciosos minerales. Sólo hemos gozado de cierta extraña posesión, aunque en extremo valiosa, que nos hemos transmitido unos a otros a lo largo de las generaciones. A decir verdad, no es estrictamente ni siquiera una posesión, en el sentido preciso del término, pues no consiste en algo tangible o material. Se trata simplemente de un lema, de un ingenioso lema compartido que reza así: "Elevamos sueños". Y es que, aunque haya quien no lo crea, a veces las palabras transforman el mundo, sobre todo cuando se convierten en un ideal comunitario que impulsa el encuentro.

En apariencia, nuestro lema constituye algo muy sencillo: tan sólo la unión de dos vocablos, simplemente de dos. Sin embargo, la reunión de sus dos términos ha constituido nuestro principio de acción, el motor familiar, el que nunca nos ha abandonado. Quizás, otros prefieran acumular riquezas, talentos o relaciones. Nosotros nos hemos contentado con lucir, como única posesión perdurable, nuestro sencillo lema desde aquel lejano día en que uno de nuestros antecesores tuvo la ocurrencia de concebirlo. Ahora bien, esta breve sentencia se ha convertido en una inspiración; nos ha animado a realizar muchas acciones y a emprender interesantes e imaginativas aventuras, algunas de las cuales quiero compartir.

Ya he adelantado que estoy

desahuciado. Los médicos sólo me conceden unos pocos días de vida, puede que horas. Ahora bien, puesto que soy el último de los míos, y no tengo sucesores, traslado a quien quiera oírme este breve relato desde el jardín del hospital que me acoge. Pretendo que quede cierta memoria de algunos de los episodios de nuestra historia familiar y del poder de su lema, ese que con gusto transmito ahora en herencia al que lo desee. Pero ¿qué clase de actos ha alentado, entre nosotros, este humilde lema o mensaje?

Empezaré con mi antepasado arquitecto. Este situó en el frontispicio de su lugar de trabajo un rótulo con nuestro dicho, e inspirado por él se dedicó a construir casas y hogares a sus convecinos, en especial a los menos pudientes. Tenía un curioso modo de trabajar: hacía que sus clientes le describiesen la casa de sus sueños, y luego él la edificaba. De esta manera, cumplía a rajatabla la hermosa tarea registrada en el rótulo de su establecimiento: "Elevamos sueños".

No quiero olvidarme de otro de nuestros parientes, quien se consagró a la decoración. Siempre nos hemos hallado muy próximos en sensibilidad a lo artístico, pues al fin y al cabo los sueños y el arte están íntimamente conectados. Este hombre llegó a pedir a sus conciudadanos que le relataran sus sueños para intentar transformarlos en elementos decorativos con los que embelleció los hogares y las calles de todos. Así, sembró su ciudad de unos detalles estéticos que, dispersos en mil rinco-

nes, alegraban el corazón de todos al
reconocer en ellos sus anhelos más
íntimos. Por ejemplo, erigió numero-
sas estatuas que amenizaban a los
paseantes. Cuando unos extranjeros, al
admirar sus efigies, le preguntaron
cierto día cómo definían él y sus ope-
rarios su propio trabajo, se limitó a decir por supuesto: "Elevamos sueños".

Otra singular figura de mi familia fue paisajista, diseñadora de jar-
dines, además de zahorí y cons-
tructora de pozos y fuentes. Sus armas
de labor consistían en el agua y la
vegetación. Recorría las localidades
con nuestro lema grabado en el
corazón, mientras su ciencia y arte
hacían brotar vergeles en las tierras
más áridas. Siempre obraba del mismo
modo: justo cuando todos contem-
plaban ese milagroso momento en el

que, desde el hondo interior de sus fuentes, ascendía hasta la superficie la primera cosecha del fresco líquido, ella pronunciaba dichosa nuestra frase: "Elevamos sueños".

No quiero ni de hecho puedo, según lo confesado, alargarme demasiado. Ahora que voy a dejar esta vida, viene a mi mente sin poder evitarlo la imagen dulce de aquella que me trajo hasta su orilla. Recordaré, pues, tan sólo a mi madre, quien digna representante de la saga practicó con devoción nuestro dicho. Era ingeniera y urbanista, y una persona en extremo solidaria. Se especializó en abrir veredas, trazar vías y fabricar medios de comunicación que transportaban a la gente entre puntos separados por los elementos. No tengo tiempo de detallar sus más logrados trabajos. Su obra

cumbre, me confesó una vez, fue el
puente con plataforma mecánica de
emergencia que rescató a los niños de
un colegio que habían caído, por culpa
de la riada, en el interior de una pro-
funda y peligrosa sima. Cada vez que
su invento elevaba benevolente a un
grupito de estos asustados niños sobre
las aguas, hasta ponerlos a salvo en
brazos de sus familiares, mi madre
repetía nuestra frase: "Elevamos
sueños". Creo que fue, de toda
nuestra ya casi extinta dinastía, quien
dio a nuestro lema su alcance más hermoso, pues qué sueño hay mejor que
salvar a un niño.

Pero volvamos ya al presente.
El caso es que, en este preciso instante, también me parece que yo estoy
haciendo de alguna manera honor al
lema que nos ha guiado y que quiero

cederos. Como soy algo niño y jugue-
tón, aparte de empresario inmobiliario, se me ha ocurrido pedir a los
sintecho de esta ciudad que me relaten
algunos de sus sueños. Luego, los he
resumido brevemente en unas tiras
blancas, que he atado a todos estos
globos de colores que ahora suben sobre nuestras cabezas en el jardín de
este hospital. Y claro: al verlos volar
hacia lo alto, no he podido evitar un
grito entusiasta y esperanzado, rodea-
do de las sonrisas de todos mis amigos. Ya os lo imagináis, ¿verdad? Sí, lo
que he gritado ha sido nuestro lema
familiar y, ahora, empresarial: "¡Elevamos sueños!".

**Nota:**

*Un último dato de esta historia: no me he limitado a hacer volar los sueños de las personas sintecho, suspendiéndolos en globos. Como empresario y profesional de la vivienda, he querido convertirlos en hechos, Por eso, he donado parte de mis bienes a fin de facilitar a cada sintecho el hogar al que aspira. Los colaboradores de mi empresa están trabajando con alegría, desde que les hice llegar los diferentes sueños de hogar de mis amigos, en cumplir sus anhelos. Porque el sueño de un hogar -el de arraigar y habitar, creativa y cálidamente, en un ámbito de relación y de encuentro-, que toda persona alberga dentro de sí, merece siempre convertirse en realidad. Pero todavía más lo merece, si cabe, el de quienes carecen de refugio y cobijo en este mundo.*

# DIÁLOGO ENTRE UNA AGENTE DE ESPACIOS HABITABLES Y UN ESCRITOR

<<*Porque he descubierto una gran verdad. A saber: que los hombres habitan y que el sentido de las cosas cambia para ellos según el sentido de la casa*>>

(A. de Saint-Exupéry, *Ciudadela*, Alba ed., Barcelona, 2024,  pp. 31 y 32).

En cierta ocasión -en realidad podríamos decir que esto sucede siempre o casi siempre-, una hábil comercial, especializada en espacios habitables, y un escritor de cuentos coincidieron en un rincón del bosque humano de la ciudad. Enseguida iniciaron, con viveza, este diálogo:

-Todo cuento es un poco como cada una de esas miradas que se les escapan a las personas- comenzó, entusiasta, el escritor-. Siempre tiene un toque diferente, único, exclusivo.
-Pues, en eso, resulta igual que las casas y locales en cuyas transacciones yo misma intervengo. Cualquier vivienda, o espacio habitable por la gente, posee

algo de "personal" u original- enunció ella su vez.

-"Personal". Qué palabra más interesante... ¿Te has fijado que la dignidad de las acciones y actividades con frecuencia pende de los términos con los que nos referimos a ellas? Así, yo, que simplemente invento unas pequeñas historias, puedo ser un escritor; y tú, una agente inmobiliaria profesional acreditada, o como lo denomines mejor.

-De alguna manera, así es- confirmó la aludida-. Pero, ya que tú te dedicas a los cuentos, y me has dado esa interesante clave sobre el lenguaje y el trabajo, déjame que te haga notar algo que puede tener un cierto valor práctico para ti. Y es que los cuentos se dan en un contexto concreto, en alguna atmósfera, en un ambiente o marco particulares, no general -observó con agudeza-. Tú y tus cuentos vivís en medio de un mundo determinado, y tenéis que encajar, resultar coherentes en él, como mis casas, edificios y sus habitantes. Por eso, si algún día tú también te dedicases, por ejemplo, a hacer cuentos que describieran con realismo lo que ves frente a ti, y no tus meras especulaciones fantasiosas, esa labor podría tener una fecunda utilidad, un valor precioso para algunos profesionales que podríamos convertirnos incluso en tus mecenas y patrocinadores.

-Pero es que la atmósfera, el mundo que acompaña a cualquier cuento es precisamente una creación suya, su propio fruto -objetó, con tono incomprendido, el artista.

-Tal vez sí. Pero sólo en parte -sugirió ella, astuta-. También ha de existir siempre necesariamente "algo" que contar, y hasta un ser que figure en la historia distinto del narrador. Y no me refiero con esto sólo a casas, edificios, pisos u otras realidades inertes, sino también a personas, a esas apasionantes criaturas a las que tanto parecéis apreciar los escritores. ¿No te interesa captar la vida prosaica, pero veraz, cotidiana, de esos otros, cuando habitan su propio espacio? Piensa en lo práctico que sería un libro de cuentos que contara cómo moran los seres humanos en el interior de sus viviendas reales, y de qué modo desarrollan su vida, sus relaciones y su convivencia en esos lugares indispensables en los que necesitan alojarse. Incluso podrías intentar describir qué tipo de espacios son los que prefieren y desean habitar desde el fondo de sus corazones, en lo más profundo. ¿La literatura no surge, en su raíz, del encuentro con los intereses humanos, con la existencia desnuda y auténtica de los seres reales?- remachó con intención.

-Acaso algunos relatos sí…- aprobó él, vacilante-. ¡Pero un escritor no es un espía ni un mercader, sino un creador!- la atajó, pletórico en su dignidad-. Extrema el pudor ante la intimidad y los deseos ajenos, aunque se vea obligado a desnudar los suyos en parte.

-Ya- consintió ella de inicio, para a continuación matizarle, con una habilidad comercial-. Pero su imaginación surgirá, al menos, de un determinado conocimiento de las personas…. No puede nacer de repente en la nada. El sujeto, por muy artista que sea, tiene que inspirarse en vidas, experiencias e historias concretas y reales. ¿No te gustaría indagar en ellas y transformar en relatos las vivencias y los deseos de los demás acerca de sus espacios y hogares? Eso nos permitiría presentar tus trabajos como una obra de introspección exacta, una especie de informe o análisis psicológico, una exploración social muy útil para nuestro negocio. Esto, seguramente, lo podrían aprovechar otros investigadores y profesionales- insistió, movida por su talante práctico, sin ya demasiada esperanza de éxito.

-Para el escritor lo que cuenta es solo el instante, el ahora. No piensa nunca en la utilidad, las consecuencias, los réditos. El momento pleno no tiene futuro ni pasado; sólo presente. Estos únicamente los tienen los oídos de quienes le escuchan. Por esto, su palabra nace siempre nueva y sin aspirar a lograr nada concreto; es original y genuina, como las fuentes, como los niños...

Tras esta vaga y elusiva contestación, la mujer se calló. Quedó finalmente muda, ante esa obstinada fuga frente a cualquier atisbo de obtención de alguna utilidad o rentabilidad. ¡Los niños eran, sin duda, un testimonio muy poderoso y elocuente! Esas criaturas, pensó, tan espontáneas y tan poco prácticas, casi siempre invierten su tiempo en juegos y entretenimientos, como corresponde a su edad. De momento se resignó a parecer derrotada. Así, sin tan siquiera una mínima posibilidad de llegar a un acuerdo, se zanjó este primer diálogo entre ambos.

Tenemos que reconocer, sin embargo, los meritorios esfuerzos llevados siempre a cabo por la mediadora de espacios. Pese a lo frustrante de su conversación inicial, ella ha seguido hablando con el escritor. Y, de este modo, no ha cejado nunca en su desesperado intento de procurar algún sentido práctico a la tarea del artista. De hecho, hace poco, su celo ha perseverado hasta alcanzar una gran victoria. Por fin, hace unos días, se ha salido con la suya y ha logrado que este escribiera una colección de relatos acerca del habitar y el construir humanos.

Luego, la sabia comercial –cuya inteligencia emocional ha demostrado esta narración– ha remitido el librito a una empresa inmobiliaria con la que coopera. Su idea es que, quizás, las historias de nuestro escritor puedan contribuir a la cultura organizativa de ese equipo humano, ayudar a hacer reflexionar a sus colaboradores y, así, también, poner un granito de arena

creativo en la expansión y floreci-
miento de sus actividades. Por eso, en
este lugar, como es evidente, nos
sentimos muy agradecidos a sus
desvelos…

# A MODO DE EPÍLOGO: ENCUENTRO CON LA BELLEZA

*<<No os haréis ídolos ni os levantaréis imágenes...>>*

(Levítico, 26:1).

Quería conocer la fuente misma de la belleza, beber en su origen secreto. Deseaba construirse, con esta sabiduría, una mansión señorial, una residencia palaciega tan hermosa que, al contemplarla, todos quedaran deslumbrados y le rindieran su admiración. Para ello, acopió medios y dinero, y se formó cuidadosamente en las artes de la arquitectura, la construcción, la reforma o rehabilitación, la decoración, el urbanismo, las técnicas de la ingeniería civil... También leyó, a fin de inspirarse, los libros más profundos que reflexionan sobre lo bello: desde el *Hipias Mayor* de Platón a las filokalías más esmeradas.

Después, viajó por el mundo entero tras las huellas de la belleza. Admiró beldades naturales y artísticas, parajes y edificaciones elegantes, delicadas, conmovedoras, espectaculares, fabulosas. Pretendía extraer de sus vivencias estéticas ideas y materiales valiosos para utilizarlos en su palacio. Pero ninguna de ellas logró proporcionarle la clave misteriosa que ambicionaba. Incluso, todas esas bellezas dejaban en su interior un sabor agridulce que actuaba como un impulso para seguir buscando sin cesar el manantial escondido.

Cierto día, llegó hasta Córdoba. Allí, creyó encontrar las claves definitivas para su casa perfecta entre los brillos de los recoletos y floridos patios, y en el esplendor arcoíris de tantos coloridos rincones. Luego, tras callejear por sus vías, se adentró también en la mezquita-catedral.

"Hela aquí: este es el lugar donde habita la belleza", se dijo al fin, cuando estuvo en el interior de ese soberbio espacio. "Sí, la cuna y el templo de la belleza se hallan en este delgado aire, tejido como una tela invisible de huecos y de piedras. Vibra exactamente en este bosque infinito de columnas y de arcos, de seres mudos y pétreos, que parecen en cambio gráciles y elegantes gacelas soñadas". Pero, entonces, escuchó cómo una voz leía, entre susurros, discretamente, a su vera: "¿Por qué os agobiáis por el vestido? Fijaos cómo crecen los lirios del campo: ni trabajan ni hilan. Y yo os digo que ni Salomón, en todo su fasto, estaba vestido como uno de ellos".

En ese preciso instante, lo comprendió. Advirtió que había desvelado, al fin, el enigma.

Meditó, calladamente: "Es cierto. No hay belleza más honda que la que reviste a la persona que vive sin artificios ni oropeles, con naturalidad, confiada en el valor de la bondad".

Por esto, en ese momento, se hizo una promesa interior: "A partir de ahora, la casa que quiero es sencillamente una vida personal sin vanidades ni presunciones exageradas".

Salió de allí, y, de pronto, recordó aquellas otras palabras: "(…) las raposas tienen madrigueras y los pájaros del cielo nidos, pero el Hijo del hombre no tiene dónde reclinar la cabeza". Y supo, para siempre, que lo que transforma cualquier vivienda o ámbito —el mundo entero- en un hogar consiste en el simple y poderoso hecho de que el amor more, de uno u otro modo, en el interior de quienes los habitan.

Este libro se terminó de imprimir en marzo de 2025